Le Noël du dragon

Texte : Nancy Montour
Illustrations : Benoît Laverdière

Pour toi : _____
à Noël et à tous les jours,
tu es un beau cadeau d'amour !
Nancy

Que la joie, la fantaisie et l'imagination
demeurent toujours dans ton cœur !
Benoît

Le raton laveur

Catalogage avant publication de Bibliothèque et Archives nationales du Québec et
Bibliothèque et Archives Canada

Montour, Nancy

   Le Noël du dragon

   (Le raton laveur)
   Pour enfants de 3 à 8 ans.

   ISBN 978-2-89579-541-4

   I. Laverdière, Benoît, 1957-   . II. Titre. III. Collection: Raton laveur (Bayard (Firme)).

PS8576.O528N63 2013   jC843'.6   C2013-940840-1
PS9576.O528N63 2013

Dépôt légal – Bibliothèque et Archives nationales du Québec, 2013
Bibliothèque et Archives Canada, 2013

Direction : Caroline Merola
Révision : Sophie Sainte-Marie
Mise en pages : Mathilde Hébert

© Bayard Canada Livres inc. 2013

Nous reconnaissons l'aide financière du gouvernement du Canada par l'entremise du
Fonds du livre du Canada (FLC) pour des activités de développement de notre entreprise.

Conseil des Arts   **Canada Council**
du Canada   **for the Arts**

Bayard Canada Livres inc. remercie le Conseil des Arts du Canada du soutien accordé à son
programme d'édition dans le cadre du Programme des subventions globales aux éditeurs.

Cet ouvrage a été publié avec le soutien de la SODEC. Gouvernement du Québec –
Programme de crédit d'impôt pour l'édition de livres – Gestion SODEC.

Bayard Canada Livres
4475, rue Frontenac, Montréal (Québec) H2H 2S2
Téléphone : 514 844-2111 ou 1 866 844-2111
edition@bayardcanada.com
bayardlivres.ca

Imprimé au Canada

Au cœur d'un village, il y a très longtemps,
un dragon étonnant était en mission.
Il devait surveiller les environs.

Ce soir-là, tout était calme et silencieux. Des flocons duveteux
recouvraient peu à peu le village. C'était une nuit magique, une nuit spéciale.

C'est pour cette raison que les amis du dragon avaient élaboré un plan.

– Pinoche, tu n'es pas un enfant, toi, lui avaient-ils dit.
Tu le verras peut-être.

– Qui ça ? avait demandé le dragon.

– Le père Noël !

Bien caché, Pinoche le dragon commençait à grelotter.
Il n'entendait pas le tintement des clochettes.
Il n'apercevait aucun traîneau.
Et si le gros monsieur ne passait pas ?
Le dragon était inquiet.

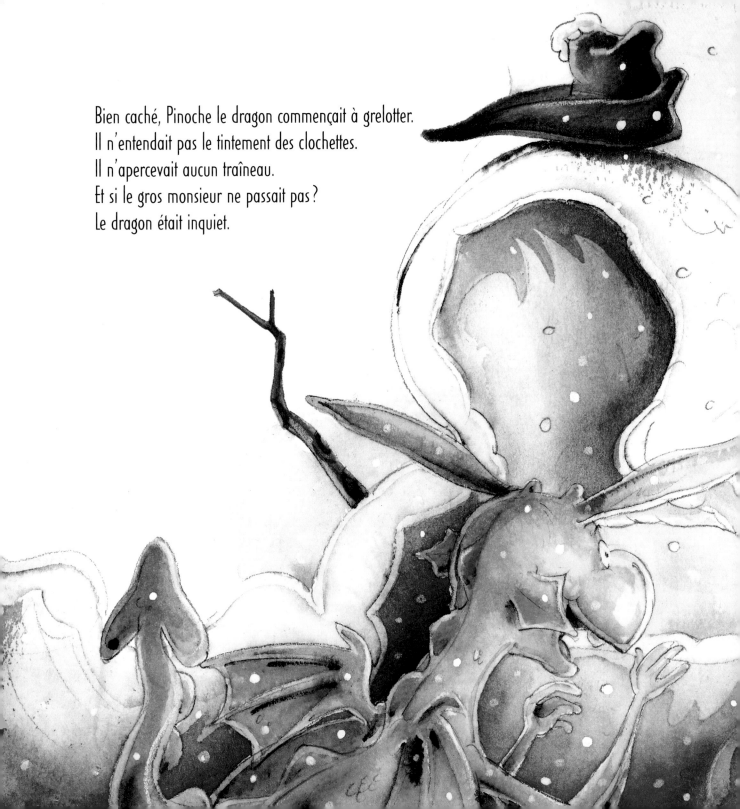

Soudain, il vit un petit lutin
entrer dans une maison.

Pinoche décida de le suivre.

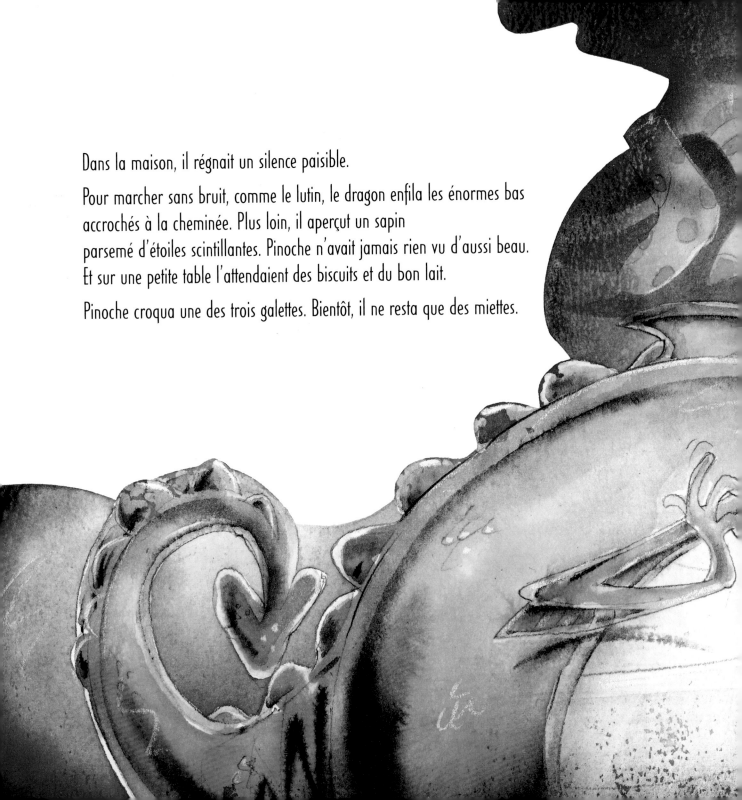

Dans la maison, il régnait un silence paisible.

Pour marcher sans bruit, comme le lutin, le dragon enfila les énormes bas
accrochés à la cheminée. Plus loin, il aperçut un sapin
parsemé d'étoiles scintillantes. Pinoche n'avait jamais rien vu d'aussi beau.
Et sur une petite table l'attendaient des biscuits et du bon lait.

Pinoche croqua une des trois galettes. Bientôt, il ne resta que des miettes.

– Tu n'avais pas le droit de manger toutes ces galettes ! Elles sont pour le père Noël !

Le petit lutin avait vraiment l'air furieux. Pinoche n'avait peut-être pas bien compris ce que lui avaient dit ses amis.

– Je suis désolé. J'ignorais que le père Noël était aussi petit, qu'il avait des oreilles pointues et un gros nez.

– Je n'ai pas un gros nez et je ne suis pas le père Noël ! Je suis le lutin éclaireur. C'est moi qui passe de maison en maison pour vérifier que les enfants sont bien endormis. Que fais-tu ici ?

Pinoche réfléchissait. Il ne devait pas dire à ce lutin qu'il était un espion.

– Je... je suis le dragon gourmand. C'est moi qui goûte les biscuits pour m'assurer qu'ils sont bons ! Euh...
ceux-ci étaient délicieux !

Grrr! Le lutin devait à tout prix chasser ce dragon de la maison.
Il sauta sur la tête de Pinoche, mais le dragon ne se laissa pas faire.
Le pauvre lutin lui jeta même de la poudre de rêve dans les yeux,
mais rien ne fonctionna.

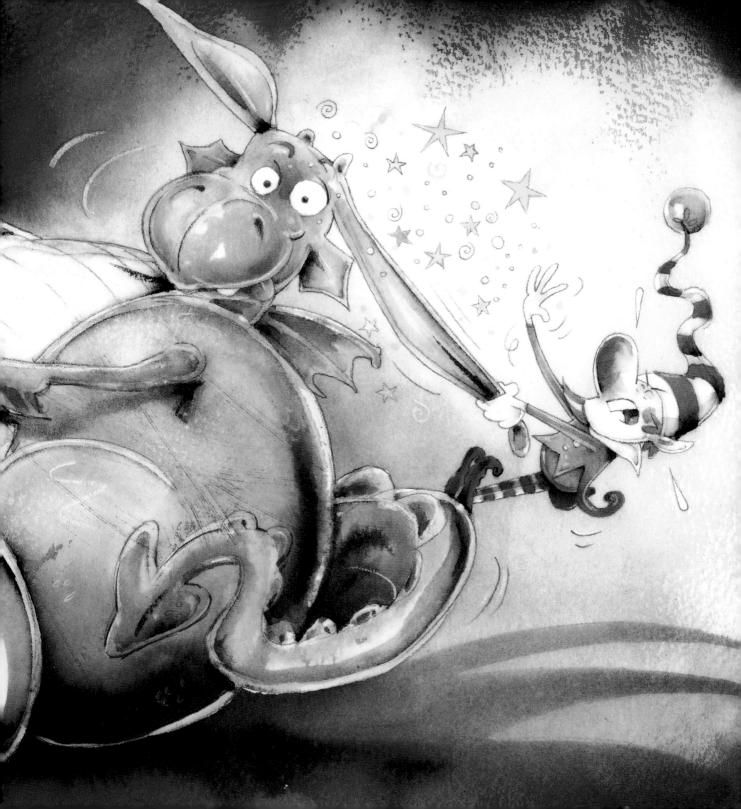

Lorsqu'ils entendirent le tintement du traîneau, Pinoche et le lutin
se figèrent aussitôt.

– Je suis en retard à cause de toi! grogna le lutin. Il ne faut pas
que le père Noël me trouve ici.

– Le père Noël! Oh! il faut que je me cache! s'exclama Pinoche.

– Bonne idée! approuva le lutin.

Ce tout petit lutin était vraiment très fort. Il souleva Pinoche
et le déposa rapidement près du sapin. Sans perdre une seconde,
il lui accrocha une énorme boucle autour du cou.

– Ne bouge surtout pas! ordonna-t-il au dragon.

Puis, à la vitesse de l'éclair, il fila hors de la maison.

Parfaitement immobile, le dragon vit apparaître un gros monsieur qui portait un habit rouge et un bonnet de lutin.

Le père Noël ouvrit un énorme sac. Il retira des cadeaux joliment emballés et les déposa sous le sapin. Puis il replaça une décoration avant de se diriger vers la petite table. Là, il parut vraiment surpris. Dans l'assiette, il n'y avait plus de biscuits. Le père Noël se retourna si brusquement que Pinoche sursauta.

Le vieux monsieur fixa le dragon d'un air étonné,
puis son rire joyeux résonna dans la pièce.

– Que fais-tu ici, Pinoche ?

– Je... Je... Je vous espionne.

– Je te remercie de me dire la vérité. Mes lutins m'avaient informé
qu'un groupe d'enfants préparaient un plan, mais j'étais loin de penser
que leur ami dragon me surveillerait! Tu as droit à un vœu
parce que tu as été le plus rusé.

   – Un souhait! Je peux demander tout ce que je veux?

   – Oui, Pinoche. Que veux-tu pour Noël?

Pinoche aurait aimé recevoir un gros cadeau,
mais il n'avait besoin de rien. Qu'est-ce qu'un grand dragon comme lui
pourrait bien demander?

Un carillon indiqua au père Noël qu'il devait poursuivre sa tournée.
Il sortit un autre bonnet de la poche de son manteau.

   – Tiens. Je te le prête. Ne sois pas surpris, il est magique.

Pinoche enfila le bonnet. Aussitôt, il se retrouva dans une maisonnette bondée de petits lutins. Tous le regardaient avec des yeux ronds. Le dragon reconnut le lutin éclaireur qui versait du lait dans un pot et déposait des biscuits sur une table déjà bien garnie.

— Toi ! s'exclama le lutin. Surveillez ce dragon, dit-il à ses amis, sinon il mangera tous nos biscuits !

– Non ! Je ne les mangerai pas. Est-ce que ce sont vos biscuits ou ceux du père Noël ?

– Le père Noël ne peut pas manger des millions de biscuits en une seule nuit.
Il les partage avec nous. Noël est une fête de partage, tu sais.

En attendant le retour du père Noël, les lutins se taquinaient
et se bousculaient. Pinoche songea à ses amis.
Il aurait aimé qu'ils soient ici.

Plus tard, cette nuit-là, lorsque le père Noël arriva,
la fête commença. Pinoche dévora une montagne de biscuits.
Il dansa. Il chanta. Il était heureux d'être entouré
de ces lutins joyeux. Il comprit alors ce que représentait
cette grande fête. Il chuchota son souhait à l'oreille
du père Noël. Le vieil homme hocha la tête en riant.

Au matin, les amis du dragon trouvèrent un cadeau immense, extraordinaire.
Un cadeau qu'ils partageaient et qui leur offrirait des éclats de rire.

Pinoche voulait que ce soit Noël tous les jours. C'était cela, le souhait du dragon.